Jajá, jijí, cuac

NOTA DE LA ILUSTRADORA

Para este libro hice dibujos a pincel, para los cuales utilicé acuarela Winsor & Newton en color negro de humo sobre papel de calco. Después, mandé a fotocopiar los dibujos sobre papel de acuarela Strathmore de una capa con acabado apergaminado y apliqué lavados de acuarela a los dibujos en negro. La ventaja de este método es que puedo obtener todas las copias que quiero en el papel de acuarela, lo cual me permite experimentar para encontrar el color y los acabados que más me gusten.

Para Andrew
—D. C.
Para Rosanne Lauer
—B. L.

Jajá, jijí, cuac

Doreen Cronin   Ilustrado por Betsy Lewin

Traducción de Alberto Jiménez Rioja

LECTORUM

El granjero Brown se iba de vacaciones.
Y dejó a su hermano Bob a cargo de
los animales.

—Te lo he escrito todo aquí. Limítate a seguir mis instrucciones y todo saldrá a pedir de boca. Eso sí, vigila a Pato. Es muy travieso.

El granjero Brown creyó oír burlas
y risitas cuando se alejó en el auto,
pero no estaba seguro.

Bob miró fijamente a Pato
y entró en la casa.
Entonces leyó la primera nota:

Jajá, jijí, clo.

Veintinueve minutos más tarde todos en el establo comían pizza caliente.

Bob le echó un vistazo
a los animales antes de acostarse.
Todo estaba en orden.

El miércoles es el día de bañar a los cerdos. Lávalos con mi jabón de espuma favorito y sécalos con las toallas buenas. Recuerda que tienen una piel muy sensible.

Jajá, jijí, oink.

Bob bañó a los cerdos en un santiamén.

El granjero Brown llamó
a casa el miércoles por la noche
para ver cómo iba todo.
—¿Le diste de comer a los animales
como decía la nota? —preguntó.

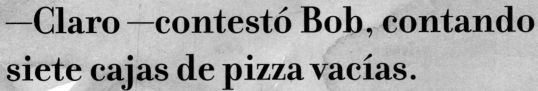
—Claro —contestó Bob, contando siete cajas de pizza vacías.

—¿Viste la nota sobre los cerdos?
—Todo bajo control —respondió Bob, orgulloso.

—¿Estás vigilando a Pato? —preguntó.

Bob miró fijamente a Pato.
Pato estaba muy ocupado afilando
un lápiz y no se enteró de nada.

—No lo dejes salir de casa
—ordenó el granjero Brown—.
Es una mala influencia para las vacas.

Jajá, jijí, muu, jajá
oink, jijí, cuac.

Jajá, jijí, muu.

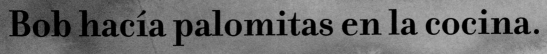

Bob hacía palomitas en la cocina.
Los animales se acomodaban para ver
EL SONIDO DE LA MÚUSICA, cuando
sonó el teléfono.

Lo único que llegó a oír el granjero Brown fue:

—Jajá, jijí, cuac, jajá, muu, jijí, oink...

¡OH-OH!

—¡PATO!

—gritó el granjero Brown.